Favole da cinque minuti

Favole da cinque minuti

Sam Taplin

Illustrazioni di Ag Jatkowska
Progetto grafico di Kasia Dudziuk

Copertina di Nancy Leschnikoff

Per l'edizione italiana: traduzione di Simona Mambrini
A cura di Loredana Riu e Louise Terallis

Sommario

Cane

e il

palloncino

Un pomeriggio, Cane tornava a casa tutto
contento dal luna park con un bel palloncino
rosso. Il sole splendeva e la brezza faceva
volteggiare il palloncino sopra le cime degli
alberi. Andava tutto benone… tranne una cosa.

"Mi manca un compagno di giochi", si disse
Cane. "Mi piacerebbe tanto averne uno."

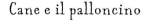

Si fermò e si guardò intorno:
a sinistra, a destra, in alto, in
basso. Ma non c'era nessuno
e proseguì il cammino.

Aveva quasi raggiunto il vialetto
di casa quando vide spuntare un puntino
giallo nel cielo sopra la collina.

"Un altro palloncino", pensò Cane.
"Chissà di chi è?"

"EHILÀ!" gridò. "CHI SEI?" Ma l'altro
lato della collina era troppo distante e Cane
non sentì nessuna risposta.

"Forse vedranno il mio palloncino", pensò.
Lo fece ondeggiare in aria per vedere se
succedeva qualcosa. Niente. "Pazienza",
sospirò. "Non importa."

A un tratto, però, il palloncino giallo
cominciò a ondeggiare proprio come
aveva fatto prima quello di Cane.
"È il vento che lo muove?" pensò
Cane osservando il palloncino.
"No, mi sta facendo segno!"

Cane si mise a saltellare per la gioia
e il suo palloncino ballonzolò su e giù.
Un attimo dopo, il palloncino giallo
dall'altra parte della collina faceva
lo stesso.

"SÌ!" gioì Cane. "TI VEDO!"
Ma ancora nessuna risposta.
Cane non sapeva come fare.
Poi gli venne un'idea.

"RESTA DOVE SEI!" gridò.
E corse in casa.

Prese carta e penna, si sedette alla scrivania
e scrisse questo biglietto:

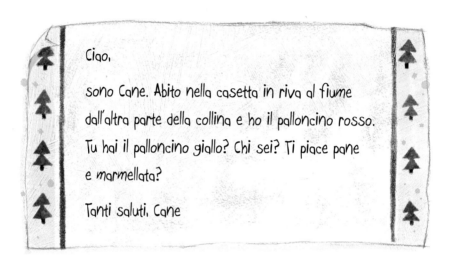

Ciao,

sono Cane. Abito nella casetta in riva al fiume
dall'altra parte della collina e ho il palloncino rosso.
Tu hai il palloncino giallo? Chi sei? Ti piace pane
e marmellata?

Tanti saluti, Cane

"Questo funzionerà" si disse. Legò il biglietto
al palloncino e uscì di nuovo. Ma il palloncino
giallo non si vedeva più. Cane lasciò andare
il suo palloncino rosso e lo guardò fluttuare
in cielo finché non scomparve dietro la collina.

Restò per un po' in attesa, sperando di veder
ricomparire il palloncino giallo. Ma niente.

Stanco per le emozioni della giornata e soprattutto per aver scritto il biglietto, Cane tornò a casa, mangiò una bella fetta di pane e marmellata e andò a riposare.

Dopo un po' si svegliò di soprassalto. "Peccato, stavo facendo un bel sogno", pensò. "Dev'essere stato qualche rumore a svegliarmi." Si guardò intorno, ma la stanza era silenziosa, così scivolò di nuovo nel sonno.

"Ah, ora ricordo", mormorò. "Sognavo di mangiare pane e marmellata con un amico… proprio un bel sogno."

Ma poco dopo si svegliò di nuovo. Aprì un occhio e perlustrò la stanza. Sembrava tutto normale. Non si sentiva volare una mosca finché…

TOC, TOC, TOC…

"Oh", pensò Cane. "Bussano alla porta."
Corse ad aprire e si trovò davanti… un grosso
palloncino giallo. "Ehm… ciao", salutò Cane.

"Ciao", disse il palloncino. "È questa la casetta
in riva al fiume?"

"Ehm… sì", rispose Cane. "Allora hai
ricevuto il mio messaggio?"

"Sì", disse il palloncino. "E sono molto
ghiotto di pane e marmellata."

"È la prima volta che incontro un palloncino ghiotto di pane e marmellata", disse Cane.

Il palloncino ondeggiò da una parte all'altra e spuntò un musino tondo con orecchie e baffi.

"No", disse il musino. "Sono io il ghiottone."

Ecco come Cane e Gatto diventarono amici.

Tigrotto e l'isola

Tigrotto era sdraiato sulla spiaggia e osservava un'isola in mezzo al mare.

"Peccato non saper nuotare", pensava. "Altrimenti andrei su quell'isola. Sembra bellissima." Guardò le palme e le montagne sull'isola e allungò una zampa verso l'acqua, ma non aveva il coraggio di entrare.

In quel momento, Tartaruga, l'amica di Tigrotto, fece capolino tra le onde.

"Ciao!" disse Tartaruga. "Sono stata sull'isola. I prati sono in fiore e i delfini cantano."

"Mi piacerebbe tanto andarci", sospirò Tigrotto.

"Cosa aspetti?" disse Tartaruga. "Nuotiamo fin lì e ti mostrerò la laguna segreta."

Tigrotto scrutò la vasta distesa del mare e poi guardò le sue piccole zampe.

"Temo che non sia possibile, Tartaruga", disse. "Non so nuotare."

"E va bene", disse Tartaruga. "Non nuoteremo. Ma almeno prova a entrare in acqua."

Tigrotto guardò Tartaruga. "Non mi farai qualche scherzetto, vero?" disse.
"No, no", disse Tartaruga. "Tranquillo."

Tigrotto entrò cautamente in acqua.

"Adesso facciamo una cosa divertente", disse
Tartaruga. "Muovi le zampe su e giù, così."
Tigrotto fece come aveva detto Tartaruga.

"Hai ragione, è divertente", disse.
"Se solo nuotare fosse così facile…"

"Non ci pensare", disse Tartaruga.
"Continuiamo così."

Tigrotto continuò
a muovere le zampe…

... e nel frattempo notò qualcosa di strano.

"L'isola sembra sempre più vicina!" esclamò.

"Si vede che sta nuotando", disse Tartaruga.
"Alle isole capita ogni tanto. Tu continua a
muovere le zampe." Tigrotto obbedì.

E intanto l'isola si avvicinava…

… sempre di più…

… sempre di più finché, all'improvviso, Tigrotto
sentì la sabbia calda sotto le zampe.

"Incredibile!" esclamò. "Sono contento
che l'isola si sia messa a nuotare! Adesso
potrai mostrarmi la laguna segreta e
andremo a giocare coi delfini."

Tartaruga sorrise a Tigrotto. "Le isole
non nuotano", disse. "Voltati."

Tigrotto si voltò e guardò stupito
la vasta distesa blu del mare
davanti a lui.

In lontananza scorgeva la spiaggia dove
lui e Tartaruga si trovavano poco prima.

"Ma… non capisco", disse.

"Abbiamo nuotato fino all'isola", gli sorrise
Tartaruga. "Sei un nuotatore provetto."

Tigrotto era sul punto di arrabbiarsi con
Tartaruga per essersi presa gioco di lui,
ma era così contento di saper nuotare
che la perdonò.

"So nuotare!" esclamò, tuffandosi in
acqua per la gioia.

"Cosa ti avevo detto?" rise
Tartaruga. "Su, vieni a vedere le aquile
e gli elefanti." I due amici corsero tra
le palme e passarono l'intera giornata
ad esplorare l'isola.

Al tramonto, però, Tigrotto era esausto. "Credo
di essere troppo stanco per nuotare", disse.

"Non ti preoccupare", disse Tartaruga. "Accoccolati
sul mio dorso." E così Tigrotto si addormentò
mentre Tartaruga lo riportava a casa.

La vacanza
di
Scoiattolina

Un pomeriggio nevoso, Scoiattolina era a casa
a sferruzzare una sciarpa. A un tratto, qualcosa
scivolò attraverso la buca delle lettere. Sorpresa,
Scoiattolina corse a vedere di che cosa si trattava...

Una lettera! Ecco cosa c'era scritto:

Cara Scoiattolina,

giornata noiosa oggi, eh? Che ne dici di una bella vacanza? Porta un secchiello, una paletta e qualche cartolina. Se vuoi venire con me, sono davanti alla porta di casa tua.

Baci, Volpe

Scoiattolina aprì la porta. Ed ecco Volpe con due sedie a sdraio e la macchina fotografica.

"Ciao!" disse Scoiattolina. "Vengo volentieri in vacanza con te!" Prese le sue cose e partirono.

"Non sono mai stata in vacanza", disse Scoiattolina. "Dove andiamo?"

"A dire il vero non lo so", disse Volpe.

Guardarono il bosco innevato tutt'intorno.

"Come funziona?" chiese Scoiattolina. "A cosa servono le sedie a sdraio, il secchiello e la paletta?"

"Non saprei", disse Volpe. "Ce le hanno tutti in vacanza. Lo scopriremo presto." Camminarono un po' e si fermarono accanto a un albero.

"Iniziamo da qui", disse Volpe "e poi vedremo."
"Va bene", disse Scoiattolina. "Cosa facciamo?"

"Intanto sediamoci", disse Volpe.

Si accomodarono sulle sedie a sdraio e rimasero ad aspettare.

"È già cominciata la vacanza?" chiese Scoiattolina.

"Non lo so", disse Volpe. "Chi può dirlo?"

"Cosa facciamo con il secchiello e la paletta?"
chiese Scoiattolina.

"Costruiamo un castello", disse Volpe. "Ti va?"

Presero le palette, riempirono di neve
il secchiello fino all'orlo e lo rovesciarono
per fare una torre. Ne fecero qualche
altra e poi si riposarono.

"Forse adesso siamo in vacanza", disse
Volpe. "Mi sembra molto riposante."

"E le cartoline?" chiese Scoiattolina.
"A cosa servono?"

"Per scrivere agli amici quanto ci stiamo
divertendo in vacanza", disse Volpe.

"Buona idea!" disse Scoiattolina. "Ne scrivo subito una."

Cara Volpe, in questo momento sono in vacanza con te e mi diverto molto. Spero anche tu. Baci, Scoiattolina

"Grazie", disse Volpe. "Ecco la mia."

Cara Scoiattolina, mi sto divertendo molto in vacanza. E anche tu, visto che me lo hai appena scritto. Baci, Volpe

Un orso passò per di là. "Cosa fate sedute in mezzo alla neve?" chiese.

"Siamo in vacanza", rispose Scoiattolina. "Ma non ne siamo sicure. Ci faresti una foto per ricordo?"

Allora l'orso scattò una foto di loro due sorridenti accanto al castello di neve.

"Grazie", disse Scoiattolina. "A proposito, tu sai che significa essere in vacanza?"

"Uhm", disse l'orso. "Credo che voglia dire andare via di casa e divertirsi."

"Allora siamo proprio in vacanza!" esclamò Scoiattolina.

"Torniamo a casa adesso?" disse Volpe.

"Va bene", disse Scoiattolina. "Ma domani facciamo un'altra vacanza, che ne dici?"

"Ottima idea", disse Volpe.

E così fecero.

Leprotta
e il
mondo

Leprotta era nel suo giardino ai piedi
della collina. Mamma Lepre stava
decorando un cesto.

"Mi piacerebbe vedere oltre la siepe",
disse Leprotta.

"Perché?" chiese mamma Lepre.

"Per sapere cosa c'è dall'altra parte", rispose Leprotta. "Il nostro è un bel giardino ma non ho mai messo il naso fuori di qui."

"Andiamo a dare una sbirciata?" disse mamma Lepre.

"Sì, sì!" disse Leprotta saltando di gioia. "Possiamo?"

"Certo", disse mamma Lepre. "Saltami in groppa e tieniti stretta." Leprotta obbedì.

Mamma Lepre si avvicinò all'albero più alto del giardino. Balzò sul ramo più basso, poi su un altro, e su un altro ancora…

"Guarda!" esclamò Leprotta. "Un vialetto! C'è uno scoiattolo! Ciao!"

"Ciao!" rispose Scoiattolina. "Cosa fai lassù?"

"Ero curiosa di vedere
cosa c'era di bello oltre
la siepe", rispose Leprotta.
"Vuoi venire a giocare
con me?"

Scoiattolina raggiunse Leprotta in giardino
e fecero amicizia.

E la storia poteva finire così.

Ma Leprotta guardò la collina oltre il giardino
e ricominciò a fantasticare.

"Uhm", disse. "Chissà cosa c'è dall'altra parte
della collina. Mi piacerebbe proprio saperlo.
Ma è troppo alta, molto più alta della siepe.
Perciò non lo sapremo mai, vero?"

Allora mamma Lepre fece una cosa strana.

Si avvicinò al cesto che aveva finito di decorare
e ci saltò dentro.

"Venite", disse a Leprotta e Scoiattolina. Poi
legò un grande pezzo di stoffa al cesto.

"Tenetevi strette!" annunciò mamma Lepre.

Una folata di vento improvvisa fece svolazzare via
le foglie dai rami e il cesto cominciò a ondeggiare
e ballonzolare. All'inizio non successe niente ma
poi Leprotta si accorse di una cosa.

"Ci siamo staccate da terra!" esclamò.
"Il giardino si allontana sotto di noi!"

"Esatto", disse mamma Lepre.
"Siamo su…"

"Una mongolfiera!" esclamò Scoiattolina.
"È una mongolfiera!"

Leprotta si tenne stretta e guardò giù.

Vide lo spiazzo oltre la siepe di casa. Poi, via via che la mongolfiera saliva, vide la cima della collina farsi sempre più vicina finché non si sollevarono in alto, nel cielo limpido e azzurro.

Dall'altra parte della collina si estendevano prati, boschi, fiumi e sentieri a perdita d'occhio, che rimpicciolivano man mano che la mongolfiera saliva.

"Caspita!" esclamò Leprotta. "Che cos'è?"

"Quello è il mondo", disse mamma Lepre. "Un giorno, quando sarai grande, andrai a esplorarlo, lontano lontano oltre la collina."

Leprotta continuò ad ammirare il panorama.

"È proprio grande
il mondo, eh?" disse.
"Ma per il momento
può aspettare."

Dopo un po' cominciarono
a scendere.

"Guardate!" disse Leprotta. "Il nostro giardino!
L'albero dove ci siamo arrampicate! Il viottolo di
Scoiattolina. Sembra tutto così piccolo. Adesso
vorrei tornare a casa a fare merenda! Possiamo?"

"Certo!" disse mamma Lepre.

E mentre scendevano pian piano in
mongolfiera, salutarono il vasto mondo che
scompariva lentamente dietro la collina.

L'allegria
di
Tasso

Era un pomeriggio d'inverno
e Tasso si sentiva un po' triste.

"Sei molto taciturno oggi", notò
il suo amico Topo. "Come mai?"

Tasso sospirò.

"Ieri ero molto allegro", disse con voce sconsolata. "Oggi, invece, non so dove sia finita la mia allegria."

Topo ebbe un'idea.

"Allora dobbiamo cercarla", disse. "Hai guardato nelle tasche?"

"Ma no!" rispose Tasso. "Cosa dici? Non può essere in tasca."

"Dai, andiamo a vedere se è qui", disse Topo sbirciando sotto il divano. "No", disse. "Non vedo nessuna allegria."

Allora andò a frugare nell'armadio. Aprì gli sportelli e poi tutti i cassetti. Ci trovò calzini, maglioni, libri, coperte e persino un ragno... ma niente allegria.

"Se ieri ce l'avevi non può essere tanto lontana",
disse Topo.

"Sei proprio uno stupidino", disse Tasso.
"L'allegria non si trova in fondo a un armadio.
Che idea sciocca!"

"Non è il caso di insultarmi!" protestò Topo.
"Cerco solo di aiutarti."

"Be', non mi sei di nessun aiuto", disse Tasso.
"Proprio per niente."

Offeso da quelle parole, Topo corse fuori
e perlustrò il giardino innevato per vedere
se per caso ci fosse un po' di allegria impigliata
tra i rami di un albero o sotto un cespuglio.
Niente.

Allora ebbe un'idea.

Zampettò giù per la collina fino ad arrivare in
città, dove si fermò davanti alla vetrina festiva
di una pasticceria.

C'erano tante belle torte esposte e Topo
entrò nel negozio. Dietro il bancone c'era
una talpa sorridente.

"Cosa desidera?" disse la talpa. "Abbiamo torte squisite, sorbetti al limone, gelati al lampone."

"Che delizia!" disse Topo. "Ma cerco qualcosa di speciale per il mio amico Tasso."

"Cioccolata?" disse la talpa. "Caramelle mou?"

"Non proprio" disse Topo. "Sto cercando l'allegria."

"Uhm", disse la talpa scrutando nei barattoli di dolciumi. "Che gusto ha?"
"Non saprei", disse Topo.
"Di mandorle caramellate?" propose la talpa.
"Non credo", disse Topo. "Grazie lo stesso."

Ed entrò nel negozio accanto che vendeva vestiti di ogni genere e modello.

"Salve!" disse il castoro dietro al bancone.
"Cosa cerca? Un bel cappello nuovo?"

"Cerco qualcosa per un amico", disse Topo.

"Ecco un magnifico panciotto", disse il castoro.
"In realtà cerco l'allegria", spiegò Topo.
"Per caso ne ha?"

"Allegria…" ripetè il castoro. "Di che taglia?"
"Non saprei", disse Topo.
"Da portare in casa o fuori?" chiese il castoro.
"Da portare sempre, direi", disse Topo.

Il castoro sembrava perplesso. "Che ne dice
di un bel paio di stivali?" disse.

"No, grazie", disse Topo. Ed entrò in un altro
negozio: un grande magazzino che vendeva
un po' di tutto.

Topo si mise a curiosare tra gli scaffali stracolmi
di meraviglie: bellissimi giochi e giocattoli, libri
e articoli da regalo di ogni tipo.

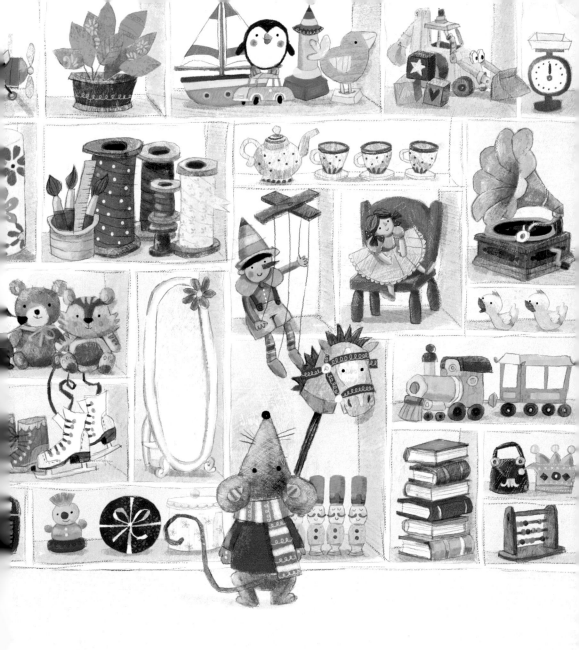

"Qui troverò di sicuro quello che cerco",
si disse Topo.

Dietro al bancone spuntò un orso. "Un bel paio di pattini?" disse. "Giochi di prestigio? Modellini di aerei? Abbiamo tutto quello che desidera."

"Fantastico", disse Topo. "Lei senz'altro mi potrà aiutare. Sto cercando l'allegria per il mio amico Tasso."

L'orso si acigliò e scrutò a lungo tra gli scaffali con aria assorta. "Non mi era mai successo", disse alla fine "ma temo di non poterla soddisfare. Mi dispiace, l'allegria non ce l'abbiamo."

Topo sospirò e uscì dal negozio. Guardò i tetti coperti di neve e le stelle che brillavano in cielo senza riuscire a trovare l'allegria. Così tornò mogio mogio a casa di Tasso.

La porta si spalancò e Tasso lo accolse con un sorriso raggiante. Ma Topo scosse la testa.

"Non sono riuscito a trovarla", disse. "Niente allegria, da nessuna parte. Mi dispiace."

"È qui che ti sbagli", disse Tasso.
"Cosa intendi dire?" chiese Topo. "L'hai trovata?"

"È qui", rispose Tasso abbracciando l'amico.
"Scusami per prima", disse. "Su, entra e raccontami le tue avventure."

"Prima sono entrato in una pasticceria", cominciò Topo.

Si sedettero davanti al fuoco e Topo raccontò tutta la storia all'amico. E risero tanto da dimenticarsi di cercare l'allegria.

Ma in realtà l'avevano trovata.

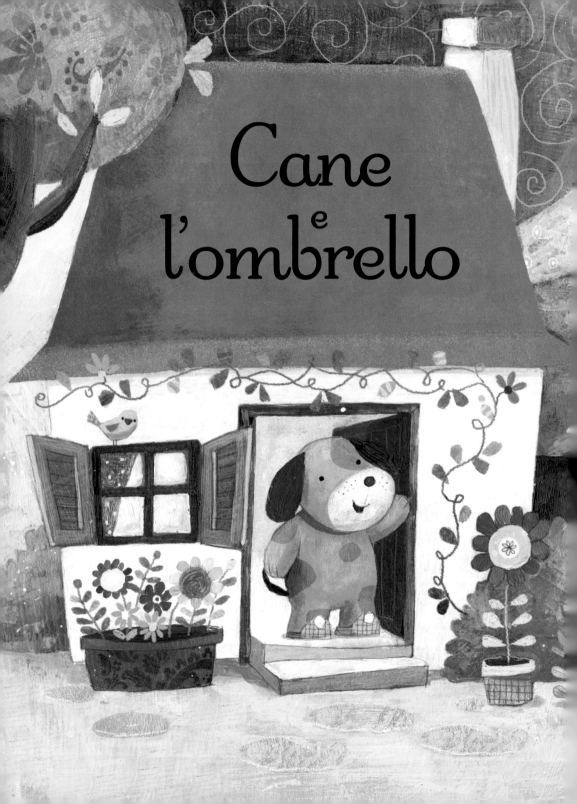

Cane e l'ombrello

Era un mattino grigio e nuvoloso e Gatto si
annoiava a casa da solo, così andò a trovare Cane,
il suo migliore amico.

"Ciao", disse Cane. "Stavo per uscire a fare una
passeggiata. Vuoi venire con me?"

Ma proprio in quel momento cominciò a piovere.
Gatto guardò il cielo e disse: "Volentieri, ma prima
aspettiamo che smetta di piovere."

"Non ce n'è bisogno!" disse Cane tutto soddisfatto. "Ho questo." E mostrò un oggetto lungo e blu.

"Cos'è?" chiese Gatto. "Fa smettere di piovere?"

"Meglio ancora", rispose Cane. "Permette di stare sotto la pioggia senza bagnarsi."

Sollevò lo strano oggetto sopra le loro teste e lo aprì. Gatto scrutò il tettuccio blu. "Non mi bagno", osservò. "Che cos'è?"

"È un ombrello", disse Cane. "Fantastico, no?" I due amici si misero a passeggiare all'asciutto sotto la pioggia. Dopo un po' incontrarono Volpe, bagnata fradicia.

"Poverina", disse Gatto. "Può venire qui sotto con noi?" "No", disse Cane. "Non c'è abbastanza spazio."

"Ma è tutta bagnata!" protestò Gatto. "Ti prego…"

"E va bene", disse Cane. Chiamarono Volpe, che corse a ripararsi sotto l'ombrello. In effetti stavano un po' stretti adesso.

"Ho la coda fuori", bisbigliò Cane a Gatto. "Potresti farti più in là?"

Svoltato l'angolo, fecero un altro incontro.

"Oh, poverino", disse Gatto. "Guarda, Tasso è tutto bagnato. Può venire a ripararsi anche lui sotto l'ombrello?"

"No", disse Cane. "Non c'è posto. Non è colpa nostra se non ha l'ombrello." Ma Gatto era molto dispiaciuto per Tasso, e così…

"Tasso!" chiamò. "Vieni qui sotto!"
Tasso si voltò.

"Che gentile!" disse Tasso. "Sembra
molto accogliente là sotto. Ciao Volpe.
Sono contento di vedervi."

E si strinse sotto l'ombrello. Bisogna
sapere che Tasso era grande e grosso, e così
gli altri si ritrovarono in parte sotto la pioggia.
Tutti cercarono di farsi piccoli piccoli ma
lo spazio mancava.

"Mi sto bagnando il muso", disse Cane.
"E la mia bella sciarpa rossa è fradicia."

"Strano ombrello, in effetti", osservò Tasso.
"Non ripara un granché."

"L'ombrello funziona benissimo", disse Cane.
"Il problema è che siamo in troppi."

"Poco male", disse Gatto. "Così è più
divertente, no?"

Cane si imbronciò e non disse niente.
Cane, Gatto, Volpe e Tasso continuarono
a camminare sotto la pioggia scrosciante.

"Guardate quei due!" disse Tasso. "Sono
bagnati fradici." Erano Scoiattolina e Leprotta
che sguazzavano tra le pozzanghere.

"NO!" sbottò Cane. "No, no e no. Non c'è
più posto. Mi dispiace, ma l'ombrello è mio."

Gatto sembrò contrariato, ma non disse nulla.

Scoiattolina era zuppa d'acqua e i suoi stivali
facevano cic ciac mentre correva, ma lei non
sembrava farci caso.

"Ciao!" salutò. "Bella pioggia, eh?"
Gli altri si strinsero sotto l'ombrello.

"Che intendi dire?" chiese Gatto.

"È divertente!" disse Leprotta arrivando
di corsa, saltando da una pozzanghera all'altra.

Allora successe una cosa strana. Cane scoppiò
a ridere e gettò via l'ombrello.

"Evvai!" gridò, mettendosi a sguazzare
tra le pozzanghere.

Gli amici di Cane rimasero immobili a
guardarlo, sbigottiti.

"Credevo che tenessi al tuo ombrello
e a stare all'asciutto", disse Gatto.

"È così", disse Cane. "Ma loro due hanno ragione: è divertente giocare sotto la pioggia. Su, venite!" E continuò a danzare e saltellare sotto l'acqua a catinelle.

Gli altri scoppiarono a ridere e lo imitarono. E tutti quanti si divertirono a sguazzare sotto la pioggia.

Il ruggito
di
Leoncino

Una mattina, Leoncino scrutava assorto la savana.
Tre giorni prima, il suo papà era andato a trovare
Coccodrillo dall'altra parte della giungla. Leoncino
non vedeva l'ora che tornasse e stava di vedetta
in attesa di vederlo spuntare. Ma siccome non
arrivava nessuno, cominciò a pensare ad altro.

"Ah, se sapessi ruggire", disse Leoncino.
"Ancora non lo so fare."
"Non preoccuparti", disse mamma Leonessa.
"Col tempo imparerai."

"Ma papà tornerà a casa tra poco", disse Leoncino.
"Potresti insegnarmelo intanto?"

"Ci proverò", disse mamma Leonessa. "Devi fare
così: ROARR!" Leoncino gettò la testa all'indietro
e provò con tutte le sue forze: "Ro-ro-rrr!"

"Non c'è male", disse mamma Leonessa.
"Ma io voglio imparare a ruggire come si deve!"
disse Leoncino imbronciato.

In quel momento, la sua amica Scimmietta spuntò
tra i rami degli alberi.
"Ciao Leoncino", disse. "Come va?"
"Non so ruggire", rispose Leoncino.
"Non ti preoccupare", disse Scimmietta. "Anch'io
ci ho messo un po' a imparare il mio verso."

"E come fa?" chiese Leoncino.
"HU HU HU!" fece Scimmietta.

"Sembra facile", disse Leoncino.
"Scommetto che ci riesco...
HU HU HU!"
"Bravissimo!" disse Scimmietta.

"Ma io sono un leone, non
una scimmia!" disse Leoncino.

Arrivò un altro amico. "Ciao", disse Pappagallo.
"Che fate di bello?"

"Leoncino vuole imparare a ruggire", disse
mamma Leonessa. "Ma è difficile", disse Leoncino.
"Come hai fatto tu a imparare il tuo verso?"
"Mi è venuto naturale", disse Pappagallo.
"Ho fatto... SQUAK!"

"SQUAK!" ripeté Leoncino.
"Caspita!" esclamò Pappagallo. "Niente male per
un leone." Poi sentirono un altro verso.

"BAAAARRR!"
Era Elefante.
"Salve" salutò Elefante.
"C'è una festa qui?"

"Una specie", disse mamma Leonessa.
"Leoncino sta imparando un sacco di versi."

"Ah-ah!" rise Elefante. "Scommetto che il mio
non lo sai fare... BAAAARRR!" Leoncino gonfiò
i polmoni e fece: "baaarrr!"

"Perbacco!" esclamò l'Elefante. "Un leone che fa
il verso di un elefante! Questa poi..."

"Sa fare anche il mio verso", disse Pappagallo.
"E il mio", disse Scimmietta.
"Ma io non sono un pappagallo, né un elefante, né
una scimmia", disse Leoncino. "Io sono un leone
e i leoni fanno... Rii! Roo! Basta, ci rinuncio!"

"Guardate, arriva qualcuno!" disse Pappagallo.
"Là, tra gli alberi. Forse è Ghepardo. Potrai
imparare un altro verso." Tutti aspettarono
di vedere chi fosse.

"Non mi importa", disse Leoncino.
"Sono un leone ma non so ruggire, sono un
buono a nulla."

"Che c'è che non va, figliolo?" disse una voce
familiare. Leoncino alzò lo sguardo e vide papà
Leone. Allora accadde qualcosa che lasciò tutti
di stucco.

"ROARR! ROARR! ROARR!"
fece Leoncino.
"Senti senti," disse papà Leone "un…"
"ROARR! ROARR! ROARR!"
ripeté Leoncino.
Poi balzò in piedi e leccò il muso al suo papà.

"Non sapevo che avessi imparato a ruggire",
disse papà Leone.

"Nemmeno io", disse Leoncino. "Cioè…
insomma… ROARR! ROARR! ROARR!"

"ROARR! ROARR! ROARR!" rispose papà
Leone. E tutti risero e applaudirono.

"Come hai imparato?" chiese papà Leone.
"Te lo spiego dopo", rispose Leoncino.
"Prima voglio esercitarmi ancora."

Gettò indietro la testa e continuò a ruggire
sempre più forte. I suoi ruggiti riecheggiarono
per tutta la savana, attraverso la giungla e su
in cielo fino al tramonto.

Orsetto
e
l'orologio

"Quando arriva la nonna?" chiese Orsetto.

"Alle tre", rispose papà Orso.

"E quand'è?" chiese Orsetto.

Papà Orso indicò l'orologio. "Quando la lancetta grande sarà verticale", disse. "Tra venti minuti."

Orsetto si mise a fissare la lancetta grande.
Ma non si muoveva quasi.

"Puoi farla andare più in fretta?" chiese.

Papà Orso andò a sedersi accanto a Orsetto.

"In effetti, sì", disse. "Si può fare
una magia, ma solo gli orsi più bravi
ci riescono. Proviamo?"

"Sì, sì", disse Orsetto.

"Per cominciare", disse papà Orso "bisogna
stare in equilibrio su un piede solo, così."

"Perché?" chiese Orsetto. La lancetta grande
sembrava sempre immobile.

"Facciamolo," disse papà Orso "o non funzionerà."

Orsetto si mise in equilibrio su un piede.

"Così", disse papà Orso. "Adesso saltelliamo
in cerchio e gridiamo BIM BUM BAM!"

Orsetto obbedì: se serviva a far muovere
la lancetta più in fretta…

"BIM BUM BAM!" urlarono padre e figlio
saltellando in cerchio per la stanza.

"Molto bene", disse papà Orso. "Adesso la magia
può cominciare. Andiamo avanti."

"Sono pronto", disse Orsetto. "Cosa devo fare?"

"Devi salirmi sulle spalle e poi salteremo su e
giù per tre volte. Presto, altrimenti la magia si
ferma." Orsetto montò sulle spalle di suo papà
e fecero tre balzi.

"Molto bene", disse papà Orso. "Adesso
rincorrimi per la stanza urlando le tre cose
che ti piacciono di più."

"Non mi viene in mente niente",
disse Orsetto.

"Su, sforzati!" disse papà Orso.

"Ok!" disse Orsetto. "CIOCCOLATA! NEVE!
IL MIO CAPPELLO ROSSO!"

E rincorse papà Orso per la stanza urlando
a squarciagola.

"STOP!" disse papà Orso. "Ora chiudi gli occhi
e immagina di essere in una grotta piena d'oro.
Un drago dorme in un angolo…"

"… mi avvicino in punta di piedi e prendo l'oro
senza svegliare il drago", disse Orsetto.

"Bravissimo", disse papà Orso. "Adesso però
è ora di aprire gli occhi."

Orsetto aprì gli occhi… ed ecco nonna Orsa!
Guardò l'orologio: la lancetta grande era
perfettamente verticale.

"Nonna!" esclamò Orsetto gettandosi tra
le sue braccia. "Posso mostrarti come funziona
la magia?"

"Ma certo!" disse nonna Orsa.

"Per prima cosa", disse Orsetto "dobbiamo saltellare in cerchio su un piede solo."

Ripeterono tutto quanto senza fermarsi finché non fu quasi ora cena. "Funziona per davvero!" ridacchiò Orsetto.

Ed è così. Provare per credere!

Tartaruga
e
i pesci

Un giorno, negli abissi marini, Tartaruga
incontrò due pesciolini.

"Ehilà!" disse Pesce Pagliaccio.
"Possiamo farti una domanda?"

"Certo", rispose Tartaruga.

"Un amico dice che il mondo non è tutto di
acqua", disse Pesce Angelo "ma che esiste un
posto chiamato Terra. È vero?"

"Sì, è vero", rispose Tartaruga.
"Il vostro amico effettivamente ha
ragione. In alto in alto, l'oceano finisce
ed è tutto diverso."

"L'oceano finisce?" disse Pesce Angelo.

"Completamente", confermò Tartaruga.

"Ma come fanno i pesci a nuotare lassù
se non c'è acqua?" chiese Pesce Angelo.

"Infatti non nuotano", spiegò Tartaruga.
"Non sono veri e propri pesci e camminano:
sembra che danzino."

Pesce Pagliaccio e Pesce Angelo
scoppiarono a ridere. "Che
assurdità!" disse Pesce Pagliaccio.
"Non ti starai inventando tutto?"

"Posso mostrarvelo, se volete", disse Tartaruga.
I due pesci rimasero di stucco.

"Vuoi dire che possiamo vederlo coi nostri occhi?"
chiese Pesce Angelo. "Il posto dove i pesci non
sono veri pesci e non nuotano?"

"Certo", disse Tartaruga "se non vi spaventa
una lunga nuotata. Ma possiamo vederlo solo
per poco, dato che non potete stare a lungo
fuori dall'acqua."

"Affare fatto!" disse Pesce Pagliaccio.
"Andiamoci subito!"

E così cominciarono a risalire lentamente
verso la superficie.

Nuotarono e nuotarono finché l'acqua
cominciò a diventare meno profonda.

"Attenzione!" disse Tartaruga.
Tenetevi pronti: al cinque saremo fuori.
Uno, due, tre, quattro... CINQUE!"

Un istante dopo sbucarono fuori dall'acqua,
al sole e all'aria. I pesci sgranarono
gli occhi sbalorditi.

Tartaruga e i pesci

"Cos'è questa cosa enorme?" chiese Pesce Angelo.

"Si chiama cielo", disse Tartaruga.

"E quei due?" chiese Pesce Angelo.

"Sono un cane e un gatto", disse Tartaruga.

"Salve!" salutò Pesce Angelo. "Noi veniamo
dal mare!"

"Salve!" rispose Gatto. "Io sono Gatto e questo
è Cane. Molto piacere."

"Sapete camminare?" chiese Pesce Angelo.

Cane e Gatto si misero a camminare lungo la spiaggia e i due pesci si sforzarono di non scoppiare a ridere.

"Molto bene!" disse Pesce Angelo. "Grazie!"

"È ora di andare, temo", disse Tartaruga.

"Di già?" disse Pesce Pagliaccio. "Peccato…"
"È stato bello conoscervi!" gridò Pesce Angelo.

Cane e Gatto salutarono e gli altri animali si rituffarono sott'acqua e tornarono nelle profondità marine. I due pesciolini erano entusiasti.

"Simpatico il Pesce Gatto", disse Pesce Angelo.
"Anche il Pesce Cane", disse Pesce Pagliaccio.

"Anche il cielo era bello", disse Pesce Angelo.
"Ma un po' troppo grande."

Tra una chiacchiera e l'altra arrivarono a casa.
Non tornarono mai più in superficie, ma il
ricordo di quella breve gita restò sempre vivo.
A volte pensavano a Cane e Gatto e sorridevano.

"Chissà se anche loro pensano a noi qualche
volta?" chiedeva Pesce Angelo. "Spero di sì",
diceva Pesce Pagliaccio.

Ed era proprio così.

Il broncio
di
Scimmietta

Era un pigro pomeriggio e Scimmietta
se ne stava in panciolle nella giungla.
Si stiracchiò, sbadigliò e fece per prendere
un mango succoso…

… ma una mosca le volò sul naso.
"Pussa via!" disse Scimmietta.
Mentre cercava di scacciarla, le
si formò una ruga sulla fronte.

In quel momento arrivò il suo amico Pappagallo. "Ciao", disse. "Perché sei accigliata?"

"Io non sono accigliata", disse Scimmietta.

"Sì, invece", disse Pappagallo. "Sembri arrabbiata."

"Ma no che non lo sono!" disse Scimmietta. "Smettila di dire così e lasciami in pace."

Allora anche Pappagallo si accigliò e volò via, appollaiandosi su un ramo alto. Dopo un po', vide passare Leoncino ed Elefante.

"Ciao!" salutò Leoncino. "Perché sei accigliato?"

"Sono accigliato?" si stupì Pappagallo. "Oh no!" E anche Leoncino si accigliò.

"Anche tu!" disse Pappagallo. "È contagioso!"

"Che succede?" chiese Elefante accigliandosi.

"Aarrgh!" disse Pappagallo. "Adesso basta!"

In quel momento, papà Leone sbucò dalla foresta.
"Che succede?" chiese. "Tutto bene?"

"C'è in giro un broncio contagioso", disse
Leoncino. "Ce l'abbiamo tutti senza un motivo."

Papà Leone rifletté un attimo e anche lui
si accigliò.

"OH NO!" esclamarono gli altri.

Quando ormai non ne potevano più di quel broncio, sentirono risuonare una voce.

"Ehi, laggiù!" Alzarono gli occhi e videro Scimmietta seduta su un ramo.

"Che facce!" disse. "Che succede?"

"Dovresti saperlo", disse Pappagallo. "Hai cominciato tu." "Io?" disse Scimmietta. "E quando?"

"Stamattina", disse Pappagallo. "Ti sei accigliata e questo è il risultato."

"Oh", disse Scimmietta "mi dispiace." "Ma perché ti eri accigliata?" chiese papà Leone.

"Già", disse Pappagallo "perché?"

Tutti aspettarono la risposta di Scimmietta. "Perché una mosca mi si era posata sul naso", disse.

Per alcuni istanti nessuno fiatò. Poi...

"Ah ah ah ah!"

Tutti si voltarono e videro Leoncino rotolarsi per terra dalle risate.

"Siamo tutti accigliati perché una mosca ti è saltata al naso?" disse. "Ah ah ah!"

"Guardate", notò Pappagallo. "Leoncino non
è più accigliato."

"Hai ragione", disse papà Leone. "Forse perché
o ridi o tieni il broncio?"

"In tal caso", disse Scimmietta "ho un rimedio."
Saltò giù e fece il solletico a Pappagallo.

"Ehi! Così mi fai il solletico…! Lo sai che non
resisto… AH AH AH!"
Ridendo, Pappagallo perse il broncio.

"Lo fai anche a me?" chiese Elefante.
Scimmietta fece il solletico a tutti e in men che
non si dica tutti ridevano come matti, saltellando
e rotolandosi per terra.

Risero così tanto che si dimenticarono di aver
mai avuto il broncio.

Cane, Gatto
e
le nuvole

Cane e Gatto erano sdraiati sul prato
a guardare il cielo.

"Guarda le nuvole", disse Cane.
"Oggi hanno forme stranissime.
Quella sembra un drago."

"A me sembra più un uccello",
disse Gatto.

"Un uccello?" disse Cane. "No, è proprio un drago. Non vedi i denti aguzzi?"

"Ah sì, hai ragione", disse Gatto osservando la nuvola scorrere in cielo.

"Non è un drago reale, vero?" chiese. "Gli somiglia solo."

"Certo che no", disse Cane. "E anche se fosse reale non mi farebbe paura. Abbaierei così forte fino a farlo scappare."

"Caspita!" disse Gatto. "Che coraggio." Guardò di nuovo la nuvola. "Adesso ha cambiato forma", disse. "Sembra una fragola gigante."

"Una fragola?" disse Cane. "No, un lupo piuttosto. Non vedi la coda e le orecchie?"

"È vero!" esclamò Gatto. "È proprio un lupo cattivo."

"Hai paura dei lupi?" chiese Cane. "Io no.
Se quella nuvola fosse un lupo, ringhierei
fino a farlo scappare."

"Non sapevo che fossi tanto coraggioso", disse
Gatto un po' timoroso. Nel frattempo, però,
la nuvola aveva di nuovo cambiato forma.

"Guarda", disse. "Adesso sembra una teiera."
"Un pochino", disse Cane. "A me, però, sembra
più un mostro."
"Un mostro?" bisbigliò Gatto. "Io sono
terrorizzato dai mostri!"

"Sei proprio un fifone, eh?" rise Cane. "Se
quella nuvola fosse un mostro lo caccerei via,
così." Balzò in piedi e andò ad affrontare
il mostro in cielo.

"Stammi a sentire, Mostro!" gridò.
"Vattene se non vuoi che ti sbrani!"
"Davvero non ti fa paura il mostro?"
chiese Gatto.

"Per niente", disse Cane. "Gli correrei
incontro a fauci spalancate e poi…
AAAAAAAH! Aiuto!"

"Che succede?" esclamò Gatto.
Cane saltellava da un piede
all'altro con gli occhi sbarrati.

"C'è... c'è... un ragno!" strillò.

Gatto accorse e vide un ragnetto tra l'erba.
"Già", disse. "Ma perché strilli?"

"Perché... ho paura dei ragni!" urlò Cane.
"Mandalo via, ti prego!"

Gatto scoppiò a ridere. "Credevo che fossi molto coraggioso!" disse.

"E lo sono!" esclamò Cane. "Il r-ragno s-se n'è andato? Posso riaprire gli occhi?"

"Sì", disse Gatto. "Il ragno non c'è più."

Cane socchiuse gli occhi e sbirciò tra l'erba. "Meno male!" disse.

Gatto ridacchiava ancora. "Non dirai in giro che ho paura dei ragni, vero?" chiese Cane.

"No", disse Gatto. "Stai tranquillo."

"Perché io sono forte e coraggioso", disse Cane.

"Certo", sorrise Gatto. E tornò a guardare la nuvola.

"Adesso sembra una farfalla", disse.

Cane osservò la nuvola per un po'. "Sì, hai proprio ragione", disse alla fine.

"Che bellezza!" disse Gatto. "Una nuvola a forma di farfalla!"

Restarono sdraiati, vicini vicini, a guardarla passare. Dopo un po' la nuvola cambiò di nuovo forma. Ma i due amici non la videro perché si erano addormentati.

Manipolazione digitale di John Russell e Nick Wakeford

Prima pubblicazione 2012 Usborne Publishing Ltd, 83-85 Saffron Hill, Londra EC1N 8RT, Gran Bretagna.
© 2012 Usborne Publishing Ltd. © 2013 Usborne Publishing Ltd per l'edizione italiana. Il nome Usborne e
i simboli 🎈🏆 sono marchi di fabbrica dell'editore Usborne Publishing Ltd. Tutti i diritti sono riservati. Sono
vietate la riproduzione o la trasmissione in qualunque forma o con ogni mezzo, sia elettronico che meccanico,
con fotocopie o registrazioni, di qualsiasi parte di questa pubblicazione senza il consenso dell'editore.